Sylvaine Jaoui

Illustrations d'Alexandre Bonnefoy

LE CLUB DES PETITES SŒURS

RAGEOT

ISBN : 978-2-7002-3493-0
ISSN : 1965-8370

Mon grand frère est super nul

Oh non, c'est pas vrai, j'y crois pas ! Jules a fini les deux paquets de Chocopops. C'est pas un ventre qu'il a, c'est un placard ! J'en ai vraiment assez de lui.

Jules, c'est mon grand frère et il se moque totalement du reste du monde. Enfin, surtout de moi.

Là, par exemple, il est sept heures et demie du matin, dans un quart d'heure je pars à l'école, il n'y a plus de céréales et je meurs de faim.

Je crie à ma mère qui est aux toilettes :

– Maman, Jules a avalé tous les Chocopops et je n'ai plus rien à manger !

Elle me répond à travers la porte :

– J'ai acheté des yaourts à la banane, tu les aimes, non ?

– Trop tard, il les a mangés pour son goûter hier.

– Les six ?

– Les six.

– Et si tu prenais du pain de mie avec du beurre ?

– Le monstre a dévoré le pain aussi !

Maman rit. Franchement, je ne vois pas ce qu'il y a de drôle. Je risque de mourir de faim d'une minute à l'autre.

Jules, qui m'a entendue le dénoncer, s'approche et me hurle dans les oreilles :

– Alors la naine, on rapporte ? Wouaf, wouaf, un vrai petit caniche... Si tu as faim, t'as qu'à manger les croquettes du chien.

Très drôle. Mon frère ne loupe jamais une occasion de me faire des remarques désagréables.

Je préfère ne pas lui répondre, il est trop nul… Je vais plutôt prendre ma douche. Si je dois mourir de faim, autant que je sois propre !

Être une petite sœur, c'est pas une vie

Je suis à peine sortie de la douche que mon frère me dit :

– Tu te grouilles l'avorton.

Chaque matin, c'est la même chose. Je prends le bus avec Jules pour qu'il me dépose à l'école avant d'aller au collège. Il faut toujours courir pour ne pas louper Sarah.

Sarah, c'est une fille d'une autre sixième. Il ne lui a jamais parlé mais il en est fou amoureux. Quand il l'attend, à l'arrêt de bus, il est complètement agité : il regarde à droite, à gauche et il grogne. On dirait Coyote, mon chien, quand il veut descendre le matin pour faire pipi.

Et puis une fois qu'elle est là, monsieur ne la regarde même pas. Il fait semblant de chercher des trucs dans ses poches. C'est nul !

Ce matin, comme d'habitude, on court et on attend mademoiselle Sarah. Mais elle n'arrive pas.

– Dis donc, ta princesse, elle fait quoi ? Elle est partie sur le cheval blanc d'un prince charmant ?

– Tu la fermes, Eugénie, elle va arriver.

– Ouais, mais d'ici là, on sera transformés en momies.

– Si tu ne te tais pas, je vais te les mettre, moi, les bandelettes, et tu vas dégager la tête la première dans une pyramide.

Franchement, être une petite sœur, c'est pas une vie…

Quand je suis arrivée à l'école, j'étais super énervée. La cloche avait sonné et les élèves étaient déjà tous en classe. Je me suis fait gronder par le maître à cause de mon retard.

J'ai tout raconté à ma copine Agathe. Ça l'a fait rigoler. Elle m'a dit que j'avais de la chance d'avoir un grand frère. Évidemment, elle est enfant unique…

Monsieur Laroche a commencé la leçon du jour. Il nous a expliqué ce qu'était la liberté d'expression. C'est le droit qu'on a, tous, de dire ce qu'on pense. Il paraît qu'on peut même se regrouper pour défendre une idée.

Par exemple, il y a des gens qui sont contre le massacre des espèces menacées. Ils disent que c'est une honte de tuer ces pauvres animaux pour faire des manteaux de fourrure ou du rouge à lèvres. Et ils créent des associations pour les défendre.

Ça m'a beaucoup intéressée. Plus j'y réfléchissais, plus ça me donnait une idée… Une espèce menacée par des monstres qui en veulent à votre peau, ça ne vous rappelle rien ?

Moi si : la race des petites sœurs !

Au bout d'un long moment de réflexion, j'ai décidé de créer le CPSQEOMEMPLG : le Club-Des-Petites-Sœurs-Qui-En-Ont-Marre-d'Être-Maltraitées-Par-Les-Grands.

Une seule solution : la pétition

Quand je suis rentrée chez moi, je suis montée directement dans ma chambre.

J'ai pris plusieurs feuilles de papier, des crayons, une gomme et je me suis mise au travail. J'ai commencé à rédiger le règlement de mon club.

1 – Il est interdit d'appeler sa petite sœur « la naine, la chose, la guenon, l'erreur, la mocheté, l'avorton » ou tout autre surnom méchant.

2 – Il est interdit de manger des céréales sans en laisser un bol pour sa sœur.

3 – Il est interdit de mettre ses baskets puantes dans la chambre de sa sœur pour l'embêter.

4 – Il est interdit de prendre colle, règle, ciseaux, crayons dans la trousse de sa sœur sans son autorisation.

5 – Il est interdit de brancher sa Nintendo sur la télé quand sa sœur regarde ses dessins animés ou de lui prendre sa gameboy sans la prévenir.

6 – Il est interdit de dire en rigolant à ses copains que sa sœur veut être chanteuse à la Star Academy.

7 – Il est interdit de raconter des histoires de fantômes, de monstres ou de vampires quand sa sœur vient d'éteindre la lumière pour dormir.

8 – Il est interdit de péter dans la chambre de sa sœur et de se sauver.

Le soir, j'ai attendu que tout le monde soit à table pour le dîner et j'ai annoncé :

– Papa, maman, j'ai quelque chose de très important à vous dire. Voilà ! Comme ma vie est un enfer épouvantable à cause de Jules, j'ai décidé de créer un club pour défendre les petites sœurs maltraitées par leur grand frère. Est-ce que vous êtes d'accord pour apporter votre soutien à ma cause ?

Mes parents ont lu mon règlement. J'ai bien vu qu'ils avaient du mal à se retenir de rire.

Mon père a parlé en premier :

– Je pense qu'il serait sage de relire ton texte à tête reposée.

– Oui, a ajouté ma mère, ton idée est excellente, mais je ne suis pas convaincue par toutes ces interdictions. Tu répètes huit fois : « il est interdit. » Ça ne donne pas franchement envie aux gens de faire un effort…

Je n'ai même pas cherché à les convaincre. Je suis sûre qu'ils disaient ça pour donner raison à Jules. Évidemment, c'est le plus grand. Mais je m'en fiche. Moi je sais que, bientôt, des milliers et des milliers de personnes marcheront derrière moi.

On n'arrête pas une révolution

Ce matin, quand on est arrivés à l'arrêt de bus, j'ai commencé à expliquer mon action à tous les gens que je rencontrais.

Une vieille mamie a été très intéressée. Elle m'a écoutée et puis elle m'a félicitée :

– Bravo jeune fille ! Vois-tu, je suis la dernière après quatre frères. Ils m'ont volé mes goûters, ils m'ont tiré les cheveux, ils ont crevé les yeux de mes poupées. J'ai quatre-vingt-cinq ans mais, s'il le faut, je viendrai manifester avec vous.

Un monsieur qui était à côté d'elle est intervenu :

– Dites-moi donc, mademoiselle, votre club, ça marche aussi pour les petits frères ? Parce que moi, j'ai des choses à dire sur les grands frères : images autocollantes spécial foot volées, ballon dégonflé, élevage d'escargots massacré…

J'ai réfléchi avant de lui répondre.

– Petit frère, petite sœur, c'est la même galère. Ce qu'il faut, c'est s'unir contre les grands.

Il a immédiatement signé.

J'en étais au moins à ma dixième signature quand Sarah est arrivée. Comme d'habitude, Jules a fait semblant de chercher quelque chose dans ses poches.

Elle s'est approchée de moi et elle m'a demandé :

– C'est quoi ton truc ?

Alors je lui ai expliqué mon projet.

Pendant tout le temps où je lui ai parlé, Jules me faisait des grands signes pour que j'arrête. Il était verdâtre. Moi, je ne me suis pas gênée, j'ai continué.

Sarah m'a raconté sa vie avec ses grandes sœurs, deux pestes qui lui en font voir de toutes les couleurs. Elles l'appellent même Saraillon. C'est comme Cendrillon, mais en commençant par Sarah.

Quand on est montés dans le bus, le conducteur a voulu signer. Lui aussi, c'est un petit frère.

Il a décidé de faire une annonce :

– Mesdames, mesdemoiselles et messieurs, à bord de ce bus, nous avons la représentante mondiale du CPSQEOMEMPLG. Elle défend les droits des petits frères et des petites sœurs qui en ont assez d'être embêtés par les plus grands. Soutenez-la dans son action ! Signez sa pétition !

Les grands sont méchants, les petits gentils

Il y a eu des applaudissements. Mais pas seulement. Certains ont commencé à râler :

– Oh les pauvres choux ! Il n'y a pas un club qui s'occupe des aînés qui en ont assez de supporter les petits frères et les petites sœurs ?

– C'est vrai, a dit une fille, moi, je suis l'aînée et franchement, se traîner sa petite sœur partout parce qu'elle ne peut pas rester toute seule ou se faire disputer par ses parents à cause d'elle, il y en a marre…

– Oui, a ajouté un garçon. À bas les rapporteurs et les pleurnicheuses. Moi, j'ai un petit frère et une petite sœur. C'est l'horreur.

Cinq minutes plus tard, les cadets d'un côté et les aînés de l'autre défendaient leur camp en hurlant :

– Les grands sont des méchants, les petits sont des gentils !

– Les grands sont des géants, les petits sont riquiqui !

Personne n'écoutait personne. Certains s'insultaient. Au début, ça m'a fait rire, puis je me suis dit que ça n'allait vraiment pas.

Non seulement je n'avais rien changé à la vie des petites sœurs mais en plus, j'avais déclenché une véritable guerre !

Quand je suis arrivée à l'école, j'étais toute triste. J'ai fait mes exercices de calcul sans dire un mot. Le maître m'a demandé :

– Qu'est-ce qui se passe, Eugénie ? Je ne t'ai pas entendue ce matin.

Comme il avait l'air inquiet, je lui ai tout raconté. Il m'a souri.

– Tu sais, une association ou un club, ce n'est pas une armée. Ça sert à défendre des idées, des gens, des animaux, tout en se respectant les uns les autres. Tu dois continuer à soutenir les petites sœurs, mais pas en accusant les aînés.

– Comment est-ce que je dois faire alors ?

– C'est à toi de trouver une solution. Tu verras, tu y arriveras.

J'ai bien réfléchi toute la journée, mais il ne m'est venu absolument aucune idée.

Le mieux, c'était d'abandonner. Je n'avais plus qu'à faire la paix avec Jules jusqu'au prochain « t'es tellement petite que t'es obligée de grimper sur une chaise pour te gratter la tête ».

Après tout si, depuis des siècles, les petites sœurs n'avaient rien fait pour changer leur condition de victimes, c'est que, peut-être, il n'y avait rien à faire. J'étais condamnée à supporter mon frère sans broncher pour les années et les années à venir.

Une discussion sans interdictions

À quatre heures et demie, Jules m'attendait devant la grille de l'école. Il avait l'air super bizarre.

Comme je voulais arranger les choses entre nous, je lui ai demandé gentiment :

– Qu'est-ce que tu as ?

– Tu sais très bien ce que j'ai. J'ai la haine, Sarah ne voudra jamais sortir avec moi puisque je suis un grand frère. Si tu n'avais pas monté ton club à la noix, on n'en serait pas là. Tout ça, c'est ta faute…

Je me suis défendue :

– Et toi, si tu n'avais pas été un grand frère minable, je n'aurais pas créé ce club. D'ailleurs si tous les grands frères et les grandes sœurs étaient sympas, personne n'aurait signé ma pétition. C'est ta faute à toi : t'es nul…

– Non, je ne suis pas nul. Les parents, ils m'ont fait en premier, ils y ont mis tout leur talent. Après, ils n'avaient plus d'inspiration, c'est pour ça que tu es ratée.

– Menteur ! Ils t'ont fabriqué toi en premier parce qu'ils avaient besoin d'un brouillon. Ensuite, ils ont réalisé leur chef-d'œuvre : moi.

– Petit asticot !

– Gros hippopotame !

– Pauvre minus !

– Grand dadais !

– Microbe !

– Asperge !

– Moi, quand je me marierai et que j'aurai des enfants, je ferai que des grands frères !

– Eh bien moi, je ferai que des petites sœurs !

– C'est pas possible d'avoir que des petites sœurs. Pour qu'il y ait des petites, il faut qu'il y ait un grand.

– Oui, et pour être le plus grand, il faut des petits. Sinon, t'es le grand de personne.

Pendant quelques secondes, on s'est regardés comme de vrais pitbulls enragés et puis on a éclaté de rire.

J'ai dit à Jules :

– On serait pas un tout petit peu bêtes ?

– Ouais... J'en ai bien l'impression.

– En fait, les petits, les grands, on est fait pour vivre ensemble.

– C'est ça qui est pénible…

– Peut-être pas…

Alors j'ai raconté à Jules ma discussion avec le maître.

– Tu vois, si on trouve une idée, les choses peuvent s'arranger.

– Comment ?

– Je ne sais pas, il faut chercher.

– Les parents ont dit que ton idée était bonne, mais qu'il y avait trop d'interdictions. Peut-être qu'il faut juste expliquer autrement.

On a réfléchi longtemps. Soudain, comme dans les dessins animés, une petite lampe s'est allumée dans ma tête.

– Mais oui, c'est ça… Au lieu d'écrire une pétition anti grand frère, il faut rédiger une charte pour que les frères et sœurs vivent en bonne entente.

– Oui, pourquoi pas…

– Et je pourrai te brancher avec ta princesse, puisque c'est ma copine maintenant.

– Alors là, c'est une idée géniale !!! On commence tout de suite.

Vive la vie tous unis

Et c'est ce qu'on a fait. Voilà ce que ça a donné :

1 – Frères et sœurs ne se donneront aucun surnom ridicule entre eux.

2 – Frères et sœurs veilleront à ce que tous aient des céréales pour le petit déjeuner et du chocolat pour le goûter.

3 – Frères et sœurs veilleront au bien-être les uns des autres (baskets puantes sur le balcon, odeur dans les toilettes).

4 – Frères et sœurs se prêteront dans la mesure du possible leurs fournitures scolaires et leurs jeux.

5 – Frères et sœurs feront un emploi du temps pour la télé (heures Nintendo, feuilletons, Star Ac et dessins animés).

6 – Frères et sœurs se soutiendront dans leurs projets (devenir chanteuse à la Star Academy, astronaute, footballeur).

7 – Frères et sœurs ne se raconteront pas des histoires qui font peur avant de dormir.

Jules a imprimé le texte sur une belle feuille. Puis on l'a brûlée aux quatre coins comme un parchemin. Cette fois-ci, papa et maman nous ont félicités et ont été les premiers à signer.

Ce matin, quand je me suis levée, Jules m'avait préparé mon petit déjeuner. Comme il avait un contrôle de maths, je lui ai prêté mon compas et ma règle.

Après, on a foncé à l'arrêt de bus et on a tout réexpliqué aux gens qu'on croisait. Tout le monde a signé et personne ne s'est disputé.

Comme promis, j'ai présenté Jules à Sarah. Après cinq minutes de discussion, ils ont décidé de parler ensemble de notre charte dans leur collège.

Mon frère ne cherchait plus rien dans ses poches et Sarah lui faisait plein de beaux sourires.

Ils m'ont déposée à l'école. Au moment de partir, Jules m'a dit :

– À ce soir, la naine !

Il a failli mourir mitraillé par les yeux de Sarah. Il s'est aussitôt repris :

– Désolé Eugénie, mauvaise habitude ! À ce soir, ma petite sœur chérie.

Je lui ai répondu en rigolant :

– À ce soir, grand crétin. Oh pardon, mauvaise habitude... À ce soir, grand frère adoré !

L'auteur

Petite-fille d'imprimeur, fille de libraire, **Sylvaine Jaoui** est tombée, toute petite, dans un chaudron d'encre comme Obélix dans son chaudron de potion magique. Quand elle est devenue grande (mais pas grosse comme l'irréductible Gaulois), elle a décidé de continuer à vivre au milieu des livres. Depuis, quand elle n'est pas dans son lycée en train de lire de beaux romans à sa tribu d'ados, elle écrit de nouvelles histoires sur la table de sa cuisine.

petit roman

www.rageot.fr

- **UNE AMITIÉ DIFFICILE**, Jean-Côme Noguès
- **UN AMOUR DE PERROQUET**, Stéphane Daniel
- **BABALÉNO ET KASHALO**, Yves-Marie Clément
- **CADEAU SURPRISE POUR MAMAN**, Sylvaine Jaoui
- **LE CLUB DES PETITES SŒURS**, Sylvaine Jaoui
- **LE FIL DE NUAGE**, Cécile Geiger
- **FILLE DE PIRATE**, Christophe Miraucourt
- **MA JOURNÉE À LA FERME**, Philippe Barbeau
- **KOUMBA-LA-DOUCE ET KOUMBA-LA-MÉCHANTE**, Albéna Ivanovitch-Lair, Annie Caldirac
- **PAPA EST UN SUPER HÉROS**, Muriel Zürcher
- **UNE PIRATE DANS L'ÎLE**, Christophe Miraucourt
- **LES PLUMES DU PAON ET DU CORBEAU**, Albéna Ivanovitch-Lair, Annie Caldirac
- **LE PLUS GRAND ROI DU MONDE**, Marc Cantin
- **UNE RENTRÉE PAS COMME LES AUTRES**, Nathalie Charles
- **LE TONNEAU VOLANT**, Roland Fuentès
- **LE VOLEUR DE CHOUCHOUS**, Pierre Bottero

Achevé d'imprimer en France en janvier 2009
par l'imprimerie Clerc.
Dépôt légal : mars 2009
N° d'édition : 4828 – 01